TRÊS TIGRES TRISTES

tatiana nascimento

TRÊS TIGRES TORTAS

1ª edição

AMARCORD
Rio de Janeiro | 2023

CIP-BRASIL. CATALOGAÇÃO NA PUBLICAÇÃO
SINDICATO NACIONAL DOS EDITORES DE LIVROS, RJ

N199t nascimento, tatiana
três tigres tortas / tatiana nascimento ; [prefácio Natalia Borges Polesso ; posfácio Raíssa Éris Grimm]. - 1. ed. - Rio de Janeiro : Amarcord, 2023.

ISBN 978-65-85854-08-5

1. Contos brasileiros. I. Polesso, Natalia Borges. II. Grimm, Raíssa Éris. III. Título.

23-86417 CDD: 869.3
CDU: 82-34(81)

Gabriela Faray Ferreira Lopes - Bibliotecária - CRB-7/6643

Texto revisado segundo o Acordo Ortográfico da Língua Portuguesa de 1990.

Direitos desta edição adquiridos pela
AMARCORD
Um selo da
EDITORA RECORD LTDA.
Rua Argentina, 171 – Rio de Janeiro, RJ – 20921–380
Tel.: (21) 2585–2000.

Seja um leitor preferencial Record.
Cadastre–se no site www.record.com.br
e receba informações sobre
nossos lançamentos e nossas promoções.

Atendimento e venda direta ao leitor:
sac@record.com.br

Impresso no Brasil
2023

sumário

prefácio

natalia borges polesso

É complexa a tarefa de escrever um prefácio quando, ao puxar o fio da palavra, você é imediatamente convocada ao exercício da imaginação. É realmente complexo. Por isso, em vez de apresentar os contos que vocês vão ler, faço uma espécie de aperitivo; imaginem que, ao perder um item querido, por rusga desafortunada com alguém, instaura-se uma cena de ressarcimento afetivo; imaginem que relações, vistas através de transparências ou vidros embaçados artificialmente ou pelo suor de corpos em desejo mútuo, possam ser projetadas; imaginem essas mesmas relações dissidentes criando seus próprios espaços; imaginem as pessoas todas tendo responsabilidade social, amorosa, ambiental, sexual, psicológica, cosmológica até; imaginem isso de recontar as utopias;

imaginem, mas imaginem com alguma dedicação, a rasura dos encontros caindo na própria rasura; imaginem as possibilidades de novos e arejados trajetos, ocupações e meios; imaginem o campo-cidade, a cidade-campo futurista ancestral, deslocada do que entendemos como tempo; imaginem que a negação do espaço é a escrita das denúncias; imaginem só: todos os desejos visíveis e a celebração de uma pedagogia sexual e suas vibrações; imaginem um mundo pós-racista, pós-fascista, pós-pós-verdade até, talvez; imaginem todas as possibilidades de tecnologias dos afetos, todas, imaginem!, fracassadas ou bem-sucedidas, se é que esses valores fazem algum sentido neste tempo; mas imaginem um mundo menos sintético e mais orgânico; imaginem um *match* raríssimo e, portanto, faminto, entre a escrita-avalanche e a palavra-justa; agora imaginem isso enquanto bebem um chá enquanto submergem num banho de chá enquanto há chá para se ter; imaginem assistir assim ao banimento das violências; imaginem o som que teriam as quimeras, agora agarrem o leme dessa leitura: corredeiras a se espaçar: não se desassosseguem com o movimento nem com a pretensa exatidão das cartografias. Aqui, com **três tigres *tortas***, garras a tatear fundo, tatiana nascimento convoca ao exercício da ficção, do prognóstico, da cisma. Com uma linguagem ágil e escorregadia, entre trilhos descarrilhos pedra lisa e outras teorias, a contista nos lança em um mundo a aprender. Suas personagens transitam entre relações familiares, de trabalho, de amizade que se afetam em constância e nos fazem pensar no que faz e no que não faz sentido manter imutável na vida.

Torta, tortillera: *s.f. coloquial.*
Lesbiana, mujer homossexual.

ondas, ou

"you should know, time's tide will smother you"

(2019)

aquário na casa 12, sol em aquário na casa 12. mientras uma desengenharia das dunas y o escrutínio analítico, racional, cartesiano da emoção. mas nem por serem formatadas na lógica cardeal de pontos diametralmente opostos, nem por serem explicadas na topografia da exatidão fingida nos logradouros n+1 – ad infinitum desde que não se ultrapasse o teto de 16 nos pilotis octoterrários do plano-piloto –, que essas ruas da cidade se tornavam humanamente transitáveis, ¿pués?[1]

"eu sinto que nem conheço você direito, você você mesma... como eu poderia 'ainda', como vc gosta de adverbiar, estar apaixonada? acho que eu orbitava uma projeção, amava essa projeção de você. desejava que você coubesse no meu desejo, e desejei caber no que imaginei ser seu desejo. por mim. e eu reescrevi meu sexo pra abraçar essa projeção. e passei anos buscando essa projeção achando que esperava você ali. aí, depois, mais um tanto de tempo eu passei tentando fugir dessa projeção, fingindo que fugiria de você. 'finge tão completamente/ que chega a fingir que é dor'..."

talvez o limiar áries-peixes não fosse tão irreconciliável assim, comparado àquele sol em aquário na casa 12. sua melhor amiga, que tinha sol na cúspide, parecia de alguma forma mais termogenada pelo marte das águas fundas que desabitada de si. de qualquer forma, a regência jupiteriana era garantia de uma sorte inacreditável, mesmo com as tentativas da astrologia moderna de impor a frieza distante, netúnica, sob as máscaras de alheamento e profundidade oceânica dum planeta que nem mesmo a pornografia dos satélites profanando o sidério revelara, nébula diáfana de azul e gás. o tempo só corre porque um filho mata a tirania de seu pai titã. cronos não é um deus, nem um relógio. mas tempo zara, tempo. escorre, espraia.

"você nunca teve aqui mesmo, na real, talvez só naquele quase um mês antes de eu ir pra salvador e você cantar, antes de me deixar no aeroporto, 'nunca mais/ vou gostar de vc/ nunca mais'. só que naquele quase um mês acho que eu é que não tava lá – a máscara da vergonha de evadir a heterossexualidade era mais pesada que desejar você, e naquele dia do samba que você tentou me beijar na beira da roda e eu me afastei, naquele dia foi trepar no banheiro mesmo, os azulejos brancos, a porta sem trinco, o surdo ecoando dentro de mim no seu ritmo. o tipo de coisa que eu não aceito hoje, enrustidas, envergonhadas, medrosas. acho que eu consegui fazer uma pessoa de você, se eu nem sabia como ser eu mesma uma pessoa, uma lésbica, sei lá, eu nem sabia falar direito essa palavra. e talvez paixão seja mesmo isso, essa falta de lastro, esse afeto lasso, um ensaio frouxo de amor meio infantil em suas demandas de urgência, irreal nas exigências. eu achava que saber cozinhar, que fazer sushi pra você, ia funcionar."

até sua vênus, em aquário, era na casa 12. talvez a hora escolhida pela mãe e acordada pelo obstetra (ou o contrário) fosse a hora mesma em que a cortaram fora da barriga e pôde beber daquele ar que tanto faltava na carta astral a ponto de fazê-la se sentir uma posta-restante celestial. zara, tempo, e para, recomeça a contagem, agora que os pulmões se fazem morada de vento.

vento também é uma deusa, vocês sabem. e aquela hora-navalha a definir: mesmo onde se dizia aérea, submersa. a imagem tradicional do signo, ela, não o cubo retangular fazendo barbatanas e guelras prisioneiras do colecionismo sintético, claustrofóbico humano, mas um cântaro vertendo água na medida da força e do desejo de quem o abraça, elegantemente equilibrado diagonal em amparo junto do plexo: fazer jus a jazer foz. e ao longo dos anos virando ela mesma a areia na ampulheta do tempo assentava dentro de si como intuição aprendida em autodidatismo introspectivo, di-da-ti-ca-men-te: a razão (cântaro) não é o controlador das emoções (água), mas seu continente – uma ilha de ar, cercada de água por todos os lados.

"mas 'funcionar' o quê? na real eu ficava tentando recuperar alguma dignidade quebrada quando fiz sushi pra lucíola e você morreu de ciúme e eu nem sabia que ia ficar com você, nem sabia o que fazer com aquilo dela querer ficar comigo. mas o jogo, o treino pro jogo do desejo, a disputa dos desejos, estar no meio dos desejos das duas. mesmo a disputa das duas, quem pega primeiro uma hétera, que preguiça dessa ânsia sapatão que eu nunca entendi sem ser pela mirada do sexo dos homens. e a vaidade, a vaidade que a heterossexualidade me entranhou como vital, como fatal, como romântica. o ciúme. mas a gente quase não teve tempo de falar de nada disso. na real eu acho que conversei mais contigo nos meus diálogos mentais, como esse, do que na vida vida mesmo, né que que é isso de nem se preocupar em saber se a pessoa gosta de capuccino mesmo mas gastar horas buscando receitas do capuccino mais perfeito que eu ia fazer quando você finalmente viesse me visitar, um dia?"

entender isso foi parar de se afogar, aprender a mergulhar em si. o capuccino na mesa já tinha amornado. o chantili murchava, alastrando de umidade a canela que minutos antes desenhava padrões lindos do pó doce soprado pelo vento, também vermelho, feito a canela, feito a terra da cidade, feito o fim da tarde. a barista tinha caprichado mais na xícara dela que nas das mesas vizinhas, isso foi nítido, e por isso ela sentia um briozinho quente por dentro mesmo sem interesse algum nela nem em nenhuma outra que a desviaria desse tão difícil e finalmente recém-chegado contato fundo, tranquilo, íntimo, confuso e irrecuável consigo mesma.

talvez não, mas talvez aprendesse, sim, a gozar sozinha tão gostoso quanto tinha gozado com iunna (uma combinação catastrófica – pra outrens – de terra, fogo, água; e um quase nada de ar que a tinha ensinado, junto às lições tóxicas da heteronorma contaminando a dissidência sexual, a carbonizar afetivamente as inúmeras amantes de ar que tivera desde muito antes dessa aquariana). nem importava. só o prazer sem pânico da própria companhia já era uma pérola. navegar o próprio mapa buscando explicações, sextis, justificativas, conjunções, karmas, trígonos. quadraturas. e chegar a um tipo de sinastria consigo mesma que era cada vez menos quase um paraíso particular de estar presente em si. uma dádiva.

"seu veganismo foi um desafio aos meus delírios platônicos, mas graças a isso aprendi a fazer leite de amêndoas. uma vez, numa das tantas que você disse que vinha, eu lavei uma garrafa de vidro, depois fervi ela na água quente pra esterilizar, e guardei o leite de amêndoas orgânicas que tinha feito pra você, achando que você vinha. fiquei imaginando a garrafa esvaziando um pouco cada dia, guardada na porta da sua geladeira que eu também nunca vi, porque take you to the heaven of my bed 'was something that you never said'. não deixei azedar, não, mas fiquei uns dias, ainda, achando que vc podia aparecer. guardei no congelador os sequilhos da farinha do bagaço das amêndoas, é uma farinha fina, clarinha. se você tira a pele com água quente antes de fazer o leite, fica assim, clarinha. os sequilhos com uma pitada de limão galego. semanas depois eu achei e comi sem saudade, mas ainda assim lembrei de você. eles ficaram bem finos, muito gostosinhos. mas não dá sustância nenhuma, parece nuvem de gosto doce solvendo na boca. nutrir é diferente de agradar o paladar, né."

decidiu não responder nenhuma mensagem de iunna, que minutos depois de teclar um debochado "eita buniteza, 10 anos depois e você ainda tá arriada em mim né" em resposta ao seu simpático-agradável-cuidadoso-expectativo "quer que eu peça um capuccino pra vc? tem sem lactose" disse que ia se atrasar pra ir buscar qualquer que fosse o objeto desimportante e urgente que precisava e justo ela, somente ela tinha, nesse quadrado inteiro da cidade planejada pra fazer do sonho dum padre "o plano do piloto".

bebeu o capuccino quase devagar – sabia que gostava, como gostava, quanto gostava, e aquilo pareceu tão suficiente que quase a alimentou, mesmo sendo o leite tirado com pus das tetas de vacas exploradas como fêmeas de qualquer espécie, inclusive humana. pediu à barista que entregasse a caixa bem fechada a iunna, quando chegasse. já estaria confortavelmente em casa, depois de ônibus e metrô que a devolveriam à saída sul distante da ponta norte em que escolhera um café mais próximo de iunna (esse simpático-automático, cristalizado anos antes, era mais que uma mostra de amor: afago-sinal da disponibilidade que treinara esboçar sempre antes. mas não para sempre agora, pensou, com algum alívio simples), e lembraria de responder a provocação da outra, antes de clicar no link do novo boletim astrológico que a notificação indicaria na tela do aparelho: uma risada e aquele emoticon bobo de um gatinho com corações apaixonados nos olhos. selva, a gatinha quase toda preta que tinha chegado por último, pararia no meio da sala depois de uma corrida estabanada pra se lamber resolutamente, alheia aos dramas lésbicos de humanas. piscaria os três olhinhos, displicente. autossuficiência é tomar banho com a própria língua.

a astróloga daquele boletim que lia religiosa fazia previsões semanais organizadas por signo solar e ascendente, mas ela sempre ouvia peixes antes de aquário porque era seu horizonte. não tinha jeito, aérea-mergulhada mesmo, "a neblina meu Orí", como no poema de outra brasiliense. aquário na casa 12. sol em aquário na casa 12. não um manejar raso da arte da ilusão a ponto de não mais se iludir, mas entender a arquitetura mesma do sonho y saber onde é possível engenhar castelos nas ondas da areia do tempo: aquário na casa 12, sol ∴ lento. cerebral y senciente, mal domiciliado, e ainda assim morada feita na casa celestial funda de peixes. aquele era um mapa de volta só pra ela, dela até si mesma. um tipo de conforto, quase. a voz gravada por uma locutora sudestina avisou, num sotaque improvável às línguas do cerrado, que ia afinal descer na próxima estação.

[1] si, con la tilde, pra imprimir uma carga mais dramática à expressão.

chá, ou

"depois de convidá-lo para tomar chá em sua casa, foi espancada e as vizinhas a encontraram desfigurada" é o tipo de notícia que, mesmo se ainda houvesse imprensa no futuro pós-racista, você nunca escutaria em lugar nenhum

(2019)

eudora volvia exausta da cópuloteca. no ecrã do telemobile,[1] padrões em espiral de luz, cor, movimento e profundidade dançavam pesados, lentos como sua respiração. o teander entranhado no aparelho emitia ondas vibratórias sutis avisando que uma mensagem nova a aguardava – seria o esperado convite, dessa vez, para finalmente tomarem chá? se fosse, não quereria marcar nada para hoje com mais ninguém. tinha programado o dispositivo para emissão de uma vibração específica em caso de contato *dessa* pessoa. mesmo assim não se animou a ver qual seria a mensagem; ficara um pouco mais cansada, na verdade, ao lembrar que tinha deixado agendada uma noite de sexo com verona, sua terceira companheira (eudora era a quinta de verona, que na verdade tinha uma relação praticamente una com petálama, pontuada por esses alguns encontros sexuais, ou de crochê, ou ambas coisas, com eudora), talvez a preferida dela: sentia ser mais pela amante que por ela mesma (mas nada sacrificial de romance, solidariedade de hermanes mesmo) esse estar de novo se submetendo ao processo de engravidamento, coisa que passara havia quase 300 luas cheias, quando tinha ainda 20 e poucos tempos de vida, completamente apaixonada por uma anciã cuja engravidabilidade já secara em seus 70 tempos. eudora mesma não andava se sentindo assim tão engravidável, o que lhe trazia certa culpa feat alívio: por mais que pudesse e até quisesse carregar a tão sonhada sétima filha de verona, eudora, assim como tantes outres, achava meio aburrido o processo todo do engravidamento: os entranhamentos, o carregar por quase dez ciclos completos da lua aquela criatura, as tetas inchadas difíceis de caber nas camisas de botão que tanto gostava, os 03 primeiros tempos de amamentação obrigando-a a um contato cotidiano com a criatura depois de parida. do parto anterior, as melhores lembranças que guardava eram a cantoria da parteira, as toalhas umedecidas de chá que pousava em seus olhos, mornas, esfriando de fora para dentro até trazer arrepios minúsculos na beira da pálpebra, onde a pele se abre em poros que salpicam em cílios – certamente a zona mais erógena de eudora.

bom, não seria de todo mau, por verona em si ser tão agradável. e também por petálama, a una ainda mais velha que verona, igualmente ansiosa por mais uma filha. no processo com kalimba não houve tanta tranquilidade; eudora ainda com tão poucos tempos, a relação tumultuada desde o início porque simplesmente não combinavam o gosto por nenhum – nenhumíssimo – chá (boldo; cúrcuma; carqueja: kalimba tinha o paladar do amargo). e, é óbvio, o término do namoro antes do término da gestação. ao menos um alívio, mas ter que mudar de morada antes de parir havia sido um tanto incômodo. finalmente, aprenderam a ser boas amigas na marra, e eudora não achou tão ruim assim compartilhar dos proventos de kalimba por tantos tempos. sendo as demandas de trabalho de kalimba mais importantes que as demandas gestacionais/parentais (eudora era, na realidade, uma das poucas conhecidas de verona que ainda queriam experienciar a maternagem, mesmo que ainda assim preferisse o labor); eudora gostava mesmo era de laborar como full-time-origamer na morada; como a criança era sempre adorável e bagunceira, eudora seria sustentada por kalimba pelo tempo que precisasse, inclusive após a parição/amamentação, um combinado tácito que lhes coube como alfaiataria.

eudora se lembrava da filha de kalimba, que não via fazia tantos tempos, pois haviam partido daquele trópico. pensava também na cara que teria a nova criança, se é que ela viria. arrastava o corpo em meio àquela erupção de pensamentos, a denúncia arqueológica de uma fossa de polímeros das quase-civilizações anteriores contaminando parte das lavouras... revia nalgum lugar da memória o rosto de anatla em meio ao milharal colorido que cruzava na volta à morada. anatla, a mulher com quem passara duas horas fornicando, tinha a pele ainda mais escura que a dela; o cabelo não era tão crespo. desde que o racismo tinha acabado, no tempo de 44 do século anterior, na arcaica contagem gregoriana, eudora acompanhava estação após estação as novas configurações de mestiçagem, por demais apetecida com as inquietações científicas sobre seu decréscimo ou aumento – a depender do território/zona trópica, por motivos cujas análises geográficas, climáticas, afetivas eram incapazes de explicar. queria que, como a primeira, essa criança viesse com seu cabelo crespão, mais comum, mais aceito e (mesmo que isso fosse certo tabu – sabido, mas inadmissível em voz alta) considerado socialmente mais bonito naquela sociedade pós-racista.

não conversaram muito, mas anatla parecia um pouco mais velha que ela. tinha comentado algo, também, sobre não querer chegar antes do pôr do segundo sol para jantar com sua una-amante, com quem celebrava 20 tempos de primeiro encontro naquele dia. disse também ter feito a hormonização sem desseminalização na temporada anterior, ainda com os procedimentos equatoriais – a voga, no momento, eram os procedimentos desenvolvidos na região nevascada do extremo polo sul, anexo tectônico da tierra del fuego, em que parte dos hormônios sintéticos tinham sido substituídos pela tecnologia espiritual de indução hormonal kuna que nandín luniz, curandeira ativista e artista plástica omeguid-nômade (kunas fixistas haviam ficado na região ainda conhecida como caribenha), desenvolvera nos primórdios do tempo que agora parecia tão distante, o começo do século último da era quase-civilizatória. anatla tinha olhos rasgados, assim como os retratos holográficos, feitos por projeção direta do plexo que as sucessoras lunizistas, mostravam ser os olhos de nandín (uma coincidência intrigante), e eudora havia se sentido mais penetrada por aqueles olhos do que a neo-neca da amante poderia ter feito – mesmo que "penetrar" agora fosse uma expressão vazia da conotação arcaica, uma vez que pouquíssimas pessoas, hoje em dia, utilizem ainda o tipo anterior de coito, típico da era prévia ao pós-racismo, em que ainda fingia-se compulsório o contato físico, fricção, adentrâncias pênicas em abucetamentos para efetivar o processo de engravidamento. eudora ainda se surpreendia com a primitividade desses ritos. 300 luas cheias antes, quando engravidara pela primeira vez, a prática tinha sido quase perdida, tão agradáveis e certeiros eram os métodos cópulotecários, a despeito, atualmente, algumes primitivistes estavam tentando, sem muito sucesso, reimplementar o coito arcaico como modismo reprodutivo vintage. lembrou-se de ter esquecido de perguntar a kalimba seu signo solar na ocasião – ficaram parte do tempo juntas, enquanto aguardavam os testes de compatibilidade genética pré-entranhamento-ovular-seminalizado, conversando sobre as surpreendências de urano em aquário. no instante breve em que anatla mencionou seu interesse em receber, quando conviesse, notícias de eudora, do engravidamento, do parto, enquanto sincronizavam telemobiles para encruzilhamento no teander, eudora reparou como anatla passou a mão pelo cabelo, dando-lhe a impressão de que ambas compartilhavam dúvidas parecidas sobre as políticas estético-capilares do mundo pós-racista.

ao caminhar devagar para casa, admirava os cursos dágua que refrescavam seus pés. em alguns trechos de asfalto mais devastado os riachos chegavam à sua cintura, e a água era igualmente generosa em seu ventre, seu umbigo, seus quadris, suas coxas, seus joelhos. olhava sem inquietação a cidade, agora quase toda já retomada pelo verde, musgo, ninhos, organicidade de novo. via o asfalto quase todo vencido pela água no pós tantos tempos de repressão cimentícia do passado, e olhava tudo sem calmaria nem aperreio: só atenta. o vipassanismo era uma das principais pedagogias vigentes naquele trópico, e a atenção desapegada, um traço que marcava o comportamento de quase todo mundo que eudora conhecia, inclusive ela mesma, mas qualquer outra pessoa, humana ou não humana, orgânica, sintética, carnal ou eflúvia. ela quase podia ver seus pensamentos encruzilhando o caminho de tudo por onde passava, e igualmente indo embora como a água do rio, que ninguém precisa apressar porque corre sozinha, como havia aprendido num (ainda mais arcaico que a cópula primitiva) livro do passado. as estantes brotavam nalguns pedaços da rua por toda aquela extensão tropicana; relíquias do início do século XXI tratadas com todo cuidado e respeito nos museus, obviamente públicos, gratuitos, abertos como quase tudo por ali. a nota vibracional do telemobile repetida, insistente, coordenava seu transe leve estimulado pelo cansaço e combinado à atenção desapegada. talvez não conseguisse fazer sexo com verona quando chegasse. nem com nenhuma de suas outras companheiras, se alguma estivesse por lá. se espantava com a facilidade de fecundação na cópuloteca ampla, iluminada, aquele grande vão claraboiesco em que quem quisesse poderia se encontrar no ponto mais indicado do calendário lunar para dar curso à espécie, a assepsia daqueles encontros, sua eficácia, intensidade, cronometragem, institucionalização, os tubos, seringas, questionários, microscópios. a solicitude das copulotecárias em verificar cartões, períodos, gene, muco, esperma. em indicar probabilidades de harmonização temperamental a partir dos interesses reprodutivos e astrológicos de cada qual. era ótimo não ter nada a ver com sexo.

a confusão específica que era sexo. individuante, emocional, a ser definido a cada vez e em cada encontro, pelas duas (ou três, ou quantas) pessoas investidas em realizar aquela troca íntima, profunda, misteriosa, transitória, semigovernada...: a única legislação sobre sexo constava de que menores só poderiam se envolver com menores (de 17 tempos), e que a cada temporada previamente decidida pelo grupo sexual os acordos semânticos, protocolares, metodológicos deveriam ser revisitados e reacordados. comparando-se com amigas que tinham 17, 40, até 123 amantes, aquelas poucas que eudora tinha conseguido manter depois de decidir experimentar a não solidão sexual (prática muito incentivada socialmente, inclusive por sexistas convictas de alto escalão do agrupamento organizacional central) pareciam um sucesso total e totalmente desgastante. lembrar de tantos acordos. lembrar de tantas datas. as inúmeras aparentemente infinitas horas de flerte ou corte, em que cada uma explicava da maneira mais adequada (fala, canto, dança, mímica, cartas, acupuntura, culinária, para citar algumas formas usadas por eudora) as redefinições soberanas e transitórias do que o sexo seria para cada uma (semântica), para que o fariam (protocolar), como o fariam (metodológica). até então o melhor sexo que já fizera (e seguia fazendo, feliz) tinha sido com verona, definitivamente sua amante preferida.

as duas passavam horas deitadas em uma relíquia inestimável e clandestina do passado humano tecnocrata: uma piscina redonda, de polímero (não desplastificado, por isso provavelmente tóxica e perigosamente clandestina), que enchiam com chá de capim-santo e manjericão. verona vestida da própria pele, eudora fantasiada de mulher-gato (máscara e tudo), apenas seus pés descobertos para a parte mais profunda, tocante, visceral e orgástica do sexo delas: massagem nos pés uma da outra na cheiura quente montada às quartas-feiras-cinzas sob as amoreiras. às vezes, eudora se sentia um pouco mal consigo mesma por ter dito, espontaneamente, em um dos encontros sexuais com mênicúpera, uma amante cuja companhia ela admirava inclusive para além do sexo, que a melhor coisa que tinha em sua vida era quando elas estavam ali, na varanda da morada ocupada por mêni, assistindo aos pássaros pousarem ao vento, em círculos cada vez mais amplos, no fim de qualquer tarde. não sabia se mêni tinha entendido aquilo para além do deleite sexual que sentiam quando faziam aquele sexo delas (sentar cada uma em uma rede (de polímero reciclado do mar e tornada biodegradável e atóxica depois da desplastificação feita com a seiva orgânica das sementes daquele novo híbrido impressionante, o baobamendoeira) no entardecer do terceiro dia de lua nova para observar um eventual pássaro voando ou pairando – essa segunda ocorrência era maravilhosa no nível orgasmo múltiplo simultâneo – enquanto comiam pipoca de milho roxo andino), mas de vez em quando (como naquele momento, em que na volta da cópuloteca um rasante de pombo a fez lembrar-se da entrega pássara ao sopro do vento no planar) sentia uma aresta pontiaguda por medo de ter sido desentendida, por não ter querido dizer que o sexo com mêni era seu preferido, mas aquele momento. de todo jeito, a confusão que sentia não era tão incômoda. mais própria dos limites borrados entre o prazer sexual e o prazer não sexual. como tudo era uma instituição da pareja, sua subjetividade marcante nada nada além dessa confusão permitia. a dúvida se tornava, ali, mais um exercício filosófico frouxo. preocupação, mesmo, ela sentia ao pensar nas denúncias recentes feitas sobre a fossa polímera encontrada perto da lavoura em que ela mesma plantava e colhia seus chás preferidos, quase que diariamente. preocupação era estar contaminada, como via nos periódicos arcaicos das estantes ao relento que tanta gente havia sido, no mundo pré-pós-racismo, pelo uso de polímero e outros venenos. sabia que sua engravidabilidade poderia estar comprometida por isso. sabia também que verona e petálama teriam outras amigas ou amantes com quem engravidabilizar-se. sabia que o maior perigo era aquela possibilidade, fruto da irresponsável passagem de centenas de humanes quase civilizades eras antes, de macular o chá.

chá, sendo a principal substância exocorpórea de socialização e ritualística de qualquer sociedade pós-racista que se dispusera a informar sobre seus hábitos culturalimentícios, não poderia deixar de ser alvo de ameaças ou disputas constantes, ainda que espaçadas. primeiro houve sua descolonização: até que as infusões passassem ao status de chá, e fosse derrubado o domínio austral--norte-hemisferial da produção (categorias cartográficas em franco desuso, mas ainda necessárias em casos como este de comunicação intertemporal) do chá/té/tea (preto, verde, branco, equivocadamente chamado anglotea –

uma vez que os grandes centros de sua produção eram os antigos territórios da china, índia, quênia, sri-lanka e turquia[2]), grandes debates públicos entre comarcas, nações, feudos, comunas, okupas, moradas, clãs, tabas, trópicos, levaram estações, ciclos, temporadas, tantas luas tantos tempos de intercâmbio, assembleias, tomada ou revogação de decisões. hoje, o chá de cannabis é o mais produzido e consumido em toda a territorialidade (que se dispusesse a informar), seguido de perto (e em algumas regiões daquele território até mesmo superado) pelo já falado chá de capim-santo com manjericão típico do povoado/casa/território/trópico/morada de eudora – com exceção do extremo boreal do seu trópico, em que o povo guarani preza pela beberagem de ilex paraguariensis desde priscas eras pré-pós-racismo, e ainda hoje por lá são típicas as cantigas de ninar em que a saga da reconsagração anticaxiniana do tererê como bebida popular transnacional, tão adorada quanto seu primo esnobe chimarrão, é narrada deliciosamente.

o chá tornou-se a coisa mais importante de qualquer sociedade que se dispusesse a compartilhar seus dados culturais/demográficos (na verdade, cerca de 05 ou 06 dezenas, atualmente, não se interessam por esse compartilhamento, tampouco são perturbadas pela curiosidade antropológica das outras), tanto que o aplicativo de socialização virtual mais famoso da contemporaneidade é o teander. nele, cada sujeite (humane) poderia escolher sua rede de laços (profissionais, sexuais, amistosos, laborais, criativos) a partir de combinações específicas de chá e astrologia. eudora, por exemplo, já sabia que as melhores parceiras para jogar poker apostado eram aquelas com casa 02 em sagitário, e se pudesse conciliar a isso uma apreciadora de chá de hibisco com baunilha-do-cerrado e lúcuma peruana (esses últimos, adocicadores naturais produzidos em menor escala frente à franca dexpansão do consumo de açúcares), as noites de cúspide entre lua crescente e lua cheia, quando ela mesma sentia uma competitividade e ostentacionismo esbanjador – praticamente domesticado em quaisquer outros dias e fases da lua –, ganhavam uma aura especial. foi depois de viver quase 13 tempos no salar quéchua e ver, inverno após inverno, a florada única, ritmada, pontual e breve do cactus gigante que desabrochava precisamente na sétima noite de lua nova dos primeiros dias do inverno que eudora aprendera senscientemente, não racionalmente como já e apenasmente fizera tempos antes ao decidir viver um tempo longo em sua agradável exclusiva companhia, da importância de saber entrar no momento certo para compartilhar o que quer que seja de especial. o teander facilitava os cálculos, poupava da repetição de questionários. cerca de metade de suas conhecidas eram adeptas. algumas preferiam os métodos pendulares, outras, mais aventureiras, a aposta no talhar, dia após dia, intimidade com alguém.

se eudora falasse a língua dos cactus, poderia agora lembrar-se, com felicidade nostálgica, de ter aprendido, tempos antes, que cactus jovens demais não têm flores para compartilhar com o inverno se tentassem abri-las antes; o calor mesmo morno do outono não permitindo que os brotos virem flores enquanto as andorinhas-de-peito-vermelho, que migram das montanhas para as praias tórridas só no penúltimo dia da estação mais cuíer daquele trópico, se alimentam deliciadas de suas floradas precoces. cactus velhos demais, livres da ilusão de pressa que o tempo imprime a tantas pessoas mais jovens, fingem se esquecer que, na caminhada da lua crescente ao plenilúnio, o frio do gelo, da neve, do vento, se torna intenso demais para que os brotos sobrevivam por si só e lançam seus brotos mesmo assim, orgulhosos, desafiantes vencidos do tempo, como tudo que sabe: sempre chega a hora de morrer. aprendendo a morte na entrega vesperada de sua própria possibilidade de continuação. mas eudora não fala a língua de planta alguma, é apenas humana. até hoje, há coisas que só xamãs aprendem. por isso tanta gente ainda precisa de aplicativos organodigitais apontando em ecrãs de pele sintética e movidos a energia solar, libidinal, de dínamo, ou telepática, para saber quais são os momentos adequados para fazer atividades consigo mesma ou com pessoas que considerasse (a partir da triagem prévia do aplicativo, que realizava combinação astrológica, lunar e chazal com base em simples matemática algorítmica, que ninguém mais precisa de escolas para aprender) aptas, ou mesmo apetecentes.

talvez se eudora não tivesse aproveitado um trecho mais fundo de asfalto para mergulhar e silenciar a mente naquele abraço frouxo, macio, pesado da água ensurdecedora. talvez se o mergulho, ainda que breve, não a tivesse feito lembrar de sua própria experiência amniótica enquanto criatura sendo parida, e depois enquanto criadora parindo. talvez se não tivesse visto, distorcida em ondas fracas, uma manga enorme boiando no alto dum galho que só pôde ver por estar deitada no fundo da água, já que estava acostumada a levantar o olhar não mais que 45 ou 60 graus angulares enquanto andava. talvez tivesse, assim, cedido à vibração misteriosa do teander que guardava para eudora a surpresa de um match raríssimo, clandestino até (já que também é de rebeldias feita a humanidade), com um usuário admirador de chá de capim-santo com coentro, uma iguaria considerada praticamente herética naqueles tempos de predominância de hibiscos, baunilhas-do-cerrado (para gostos mais excêntricos), ou o velho pau-para-toda-obra, misto de cannabis com capim-santo e manjericão. a informação seguinte foge um pouco às urgências do enredo, mas é escusado mencionar que rumores há, ainda, de que o saborizador orgânico/natural usado como harmonizador preferencial do chá do povão vem sendo a canela, conhecido antianidatorio/ecbólico/abortivo (pois sim, no futuro utópico sem fome sem guerra sem dinheiro sem racismo sem binarismo de gênero as pessoas que engravidacionam desejadamente têm direito de interromper o processo), um dos saborizadores preferidos de eudora. possível causa de sua talvez hipocondríaca (ou não) desengravidabilidade.

é importante dizer que, nesse momento da volta à morada, deixando o vento frio do começo da noite levar embora a água que fazia sua pele toda em poros eriçados, eudora não tinha mais preocupação nenhuma. ouvia longe o canto de um anú preto, sirenal, questionador, curioso. ela, no meio da caminhada entre tiras de rio e seus próprios pensaventos, não tinha parado para consultar o telemobile nem quando estava preocupada. achava essa prática desnecessária, distraente, apressativa. o que fosse, teria de esperar até o momento específico que ela reservava para tal fim (variava, assim como seus humores, assim como a lua, mas basicamente era no zênite do primeiro sol no céu, marcando a fronteira entre manhã e tarde, porque aí aproveitava para recarregar as baterias). tivesse ela cedido às vibrações, saberia, agora, não só dali a alguns dias (era época de chuva, com muitos dias nublados), que o match tinha sido dado com abayomi tibiriçá, longínquo parente de tibira tupinambá[3] (algo como seu remoto tatara-sobrinho--neto[5]), profundo apreciador de artes marciais (ou seja, de marte/arianas: mais da estratégia que do combate, termo/práxis em desuso desde o assentamento do pós--racismo) e da mistura clandestina do chá exótico, que eudora também tanto apreciava. um raro bebericador de coentro. com sol em virgem e plutão em libra. talvez, se ela tivesse visto antes de chegar, pensasse duas vezes se entraria em casa de qyrōpa, sua melhor amiga, com quem gostava de viver as quintas-quase-noites de lua minguante assistindo à dança dos bambuzais soprados pelo vento, e que naquele dia resultaria em um convite para dormir por ali mesmo (puramente formal, já que era bem comum cada qual dormir onde mais lhe apetecesse, respeitado o limite mínimo de proximidade e contato físico comunicado por outres, o que geralmente acontecia em primeiros convívios e periodicamente conforme a necessidade de mudança se apresentasse), depois de um banho de estrelas cadentes (que são comuns no verão chuvoso, dissolvendo sua rota lustrosa entre a renda cinza de nuvens, e têm sua função social trocada, de atendentes de desejos não mais existentes – convém lembrar do neo-budismo-de-ibeji comum a essas sociedades – a contempláveis espetáculos que, segundo a superstição-quântica em voga, derramam prana em seu caminhar-abaixo[4] no sidério sem pontos cardeais) e, óbvio, alguns litros compartilhados de chá (qyrōpa era fiel ao sazonalismo, por isso havia mais chá de folhas de manga que qualquer outra coisa naquela noite). uma boa conversa em silêncio. pensando bem, mesmo que tivesse visto, talvez não trocasse essa noite pela novidade do teander.

mas quem sabe remarcasse a proposta sugerida no convite e, em algumas noites, o recebesse para tomar chá na casa que morava ela (ao menos nas luas cheias e novas, já que em crescentes e minguantes vagava ao relento, ou migrava gaivotamente para qualquer parte litorânea), aquela ruína linda tomada de verde, morcegos, ninhos diversos, répteis também, do que jamais poderia imaginar ter sido, tanto tempo antes, em que ser gente ainda era uma quimera ofensiva para tantes e um privilégio de tão pouques, uma fábrica de cimento, tempo-resistente, como baratas ao apocalipse (dizem: subestimam outras espécies nessas profecias antropocêntricas da fatalidade, do fim). é provável que a noite guardada na memória dos dias inascidos fosse uma noite auspiciosa como qualquer outra, mais iluminada pela aptidão da lua cheia a azular o tom mais escuro da noite em estação sem chuva, na embocadura do verão em outono. vai que ainda tivessem sentado na parte mais alta da casa e a lua banhasse seus peitos abertos ao vento. podia acontecer que eudora visse no peito de abayomi as queloides altivas da mastectomia, quase dois sorrisos acima da curva das costelas; nada impediria também que comparassem seus timbres vocais metálicos e a qualidade hormonal da salsaparrilha que tomavam; ou que tivessem conversado, silente ou sonoramente, sobre qualquer desimportância inesquecível.

SE o sono chegasse, seria perfeitamente admissível que dormissem ali mesmo. SE houvesse portas, chaves, cadeados, eudora não precisaria. SE a polícia não tivesse sido abolida, tampouco seria acionada. porque mesmo que eudora nunca tivesse visto, conhecido, encontrado ou sequer sonhado com abayomi antes, sabia que a morada em que vivia, casa dos morcegos e estalactites que viviam ali antes dela ser acolhida por eles, poderia ser ocupada por abayomi ou qualquer outra pessoa, humana, não humana, orgânica, sintética, ciborgue, híbrida, neo-abolista-de-sexo/gênero (o que são, praticamente, quaisquer outros grupos humanos no pós-racismo) assim como ela, e mesmo as pessoas retrô-binaristas, com seu primitivismo exacerbado, mas inofensivo. qualquer, mas qualquer mesmo, pessoa de seu tempo, trans ou não trans (os poucos que ainda nasciam), para partilha de qualquer momento ou troca ou feitura de qualquer vínculo e também sua ruptura, sem nenhuma ameaça a sua integridade física, mental, emocional, doméstica, chasística, psíquica, espiritual, mesmo que fosse neo-neanderthal-homem-cis que ela tivesse chamado explicitamente para fazer sexo, eudora jamais se sentiria ameaçada ali, por quem quer que fosse, porque "depois de convidá-lo para tomar chá em sua casa, foi espancada e as vizinhas a encontraram desfigurada" é o tipo de notícia que, mesmo se ainda houvesse imprensa no futuro pós-racista, você nunca escutaria em lugar nenhum. não é apenas que eudora viva numa utopia literária em que "sem poder não há violência", mas a partilha do poder viver entre-e-com tudo que vive, fundamento do mundo pós-racismo, permite que a violência, principal salvaguarda da concentração do poder, não necessite sequer ser mencionada. isso e, obviamente, também, por ela ser faixa preta em angola-jitsu, camará. mundo dá volta.

[1] cf. lázaro, *piroclastos*, padê editorial, 2018.

[2] disponível em: <www.chado.com.br/conheca-5-dos-principais-produtores-de-cha-no-mundo/>. acesso em: 20 nov. 2027.

[3] disponível em: <www.jornalopcao.com.br/colunas-e-blogs/imprensa/pesquisa-revela-que-indio-foi-primeira-vitima-de-crime-homofobico-no-brasil-45413/>. acesso em: 20. nov. 2027.

[4] a terra, seus habitantes, ainda como referencial. nem tudo é perfeito.

bolero, ou

"y nunca más volviste a aparecer"

(2004)

noite passada eu tive um sonho em que você me dizia eu quero que você vá embora. assim, desse jeito. nem oi. só eu quero que você vá embora. fiquei com um que foi meu bem, qualé o problema entalado na garganta, pelo menos um o que é, não gosta mais de mim foi?, ou então foda-se, eu pago metade do aluguel e não vou a lugar nenhum, mas fiquei só olhando a porta se fechar. é, apareceu uma porta entre a gente no meio do sonho. sonhos são assim mesmo.

acordei com aquele eu quero que você vá embora na cabeça, repetindo como cena de lembrança, embora,

mbora, bora, b... e levantei rápido porque já estava tarde. lavei o rosto pensando com a água isso vai embora, mas no espelho eu vi, além da minha cara amassada e remelas, a porta se fechando na minha cara com você atrás e eu quero que você – blam, a porta se fechava, vai embora. vai embora agora!

já não sabia mais o que tinha sido sonho, o que eu tinha inventado enquanto tomava o café que você tinha passado, mesmo eu não gostando de café – vá embora. eu quero que você... vá. em. bo. ra. engoli o pão com geleia mas sua voz não descia, ficava, ficou até depois do almoço quando comi arroz frio com salada velha e um pouco de farinha. engasguei, tossi, aquela nojeira me voando pela boca, mas sua voz, sua voz me dizendo aquilo entalada. eu quero que você vá embora.

não consegui nem trabalhar direito. você deve ter me ligado às 15h, como sempre, mas eu já tinha voltado pra cá. fiquei esperando você chegar. tomei um banho e não esqueci. vesti o pijama e não esqueci. deixei a porta aberta. às 19h você para no vão, recuperando fôlego da escada, e me pergunta o que que há minha bem, que cara é essa, estou chorando por quê e a porta aberta mas eu. quero. que. você. vá. embora.

y la puerta se cerró detrás de mi.

eu sou assim mesmo, oxi.

pornografia, ou
a educação sexual de M. da Silva

(2016)

supervisora-chefe de uma firma de indenizações afetivas, M. da Silva é uma jovem senhora bem-sucedida para os parâmetros internos e externos: de sua família, do que dela se esperava, também do círculo mais próximo de amizades, mas principalmente para seus próprios parâmetros. o negócio de indenizações afetivas estava se estabelecendo no país como algo promissor para a próxima década, tinha desafogado o mercado saturado da advocacia, & consistia numa simples administração de interesses entre alguma empresa que tivesse infringido direitos de outrem, e portanto deveria ressarcir a pessoa prejudicada. não só ressarcimento financeiro, como seria de praxe (y honestamente um mercado em franco declínio), mas ressarcimento afetivo. por exemplo: a empreiteira X, de construção de grandes investimentos imobiliários, por ocasião da demolição de quase todas as residências vizinhas à casa de dona Antônia, foi responsável por trincar o vidro de sua cristaleira, presente herdado de sua finada e estimadíssima tia-avó-madrinha. D. Antônia – conhecida ainda por Tunica, Toni, Toninha –, uma moradora contumaz daquela região desde antes da gentrificação fazer parte do plano-diretor do ordenamento urbano das cidades, e resoluta a manter seu sobrado no meio dos 20 e tal andares de um lado – o direito. a rachadura em questão foi resultado, precisamente, de um péssimo cálculo de distância entre a máquina demolidora e a parede lateral da casa de D. Tunica, geminada justamente aí, no lado direito, ao agora imaginário e ex-sobrado de D. Lázara Elza, sua estimada tia, demolido para construção de mais um condomínio privê com varanda gourmet, piscina borda-infinita e playground monitorado 24h para crianças menores de 12 anos e/ou 147cm. a rachadura na parede de D. Tunica, salva pela curiosidade das poucas pessoas remanescentes na rua ou as que acompanhavam a demolição gritando como torcida organizada (contra a demolição, fique nítido), obviamente que teria reforma paga pela empreiteira – afinal, tratava-se simplesmente de preenchimento com cimento e argamassa, acabamento com massa corrida e cobertura de tinta látex lavável, textura aveludada, tom pastel. pigmentação natural sem petróleo – tendência nesses anos de consumo "verde". mas a cristaleira, de valor afetivo inestimável, mesmo com os vidros devidamente trocados, jamais seria a mesma. nem a vida de Toni, por sorte ela mesma tia de uma eminente advogada cível da região, e que prontamente levantou a questão da indenização afetiva.

agora, graças aos competentes préstimos de sua estimada sobrinha, D. Tunica recebia, semanalmente, um conjunto de brocados vindos de Uruguay, mesmo lugar de onde sua tia mesma (avó-madrinha) trouxera as decupagens de rosas e cravos com que ornara a vidraça para sempre perdida da cristaleira. além dos brocados, ganhara uma vitrola automática de alimentação solar e um conjunto de speakers stereo surround home theatre para ouvir os singles de jazz da Motown que sua tia tanto amava e que também ela herdara. ainda compondo a indenização, sua sobrinha garantira a ela um voucher vitalício para tomar caldo de mandioquinha com ervilha e agrião, temperado com açafrão-da-terra (ou cúrcuma, já que o açafrão mais "verdadeiro" vale seu peso em ouro e não é cultivado no país) e pimenta preta, acompanhado de um suco de acerola com laranja e água de rosas na Lancheria e Soperia de

D. Sebastiana, que é uma das poucas a ainda usar coentro em tempos de hegemonia sudestina de salsa, e pegou essa receita emprestada da, já falecida tia de D. Tunica, D. Lázara Elza, há mais de quarenta anos, quando Toni era moça ainda, e costumava recriminar, ainda que em segredo, a hoje finada tia e a própria D. Sebastiana por se sentarem na lancheria, que abre todos os dias, com exceção das segundas-feiras de Obaluayê (abre até aos domingos!), no fim de cada dia de trabalho, com as cortinas fechadas, quando fumavam djamba com sálvia plantadas no quintal e deixavam as vidraças embaçadas (menos a da cristaleira).

Antônia até notou, certa feita, que sua tia voltara sem anáguas para casa, posto que às vezes era praxe esquentar a água do banho para a tia e soltar seus fartos cabelos crespos enquanto a senhora, encaixadas as ancas num banquinho--de-banheiro lá posto para este devido fim, escovava as unhas – rentes, não esmaltadas – das mãos. uma das poucas ocasiões em que a tia dormia em casa, e não no andar de cima da soperia, residência de D. Sebastiana.

M. da Silva aprendeu tudo isso após vasto processo investigativo junto à vizinhança, os diários da tia recém-falecida de D. Tunica, incontáveis tardes de chá no sobrado bem conservado em que o espaço antes ocupado pela cristaleira (agora precavidamente removida para a sala de costura, posta junto à parede esquerda da casa – geminada com imóvel algum e relativamente segura, com a baixa ocorrência de abalos sísmicos na região) virou uma marca retangular mais viva no piso verde de cimento queimado daquele recinto.

diferentemente dos outros cômodos da residência, que é toda ela – com exceção dos banheiros – coberta por piso de madeira de lei trazida de Belém do Pará, montado segundo geometrismo desenhado pela irmã mais velha da tia de Tunica, Sulamita, a cristaleira se quedava nessa salinha de cimento queimado, como as varandas do andar de cima. isso despertou em M. da Silva uma suspeita arquitetônica de que aquele cômodo fora, em algum tempo remoto, uma varanda térrea, levando-a a imaginar que a construção de uma parede para ganhar espaço interno à residência deve ter sido feita com mão de obra paga com esforço e matéria-prima comprada com recursos financeiros escassos, o que pode ter resultado na fragilidade daquela parede. contudo, M. da Silva preferiu não incluir essa suspeita em seu relatório, pois poderia levar à perda da solidez de toda a construção argumentativa da sobrinha de Toni, a qual, vanguardistamente, deveria ser uma raridade na prática do direito, uma vez que era a primeira pessoa que M. da Silva conhecia, naquele país, a saber com profundidade e propriedade do que se tratavam, afinal, as indenizações afetivas.

M. da Silva se impressionou sobremaneira com a qualidade da argumentação da sobrinha de Toni, a qual devemos chamar, a partir deste ponto da narrativa e para todos os efeitos, de Zoraida, pois que a mesma conseguiu, em primeira instância e sem esboço de recurso por parte da outra parte envolvida na querela, assegurar que todas as reivindicações da querelante fossem prontamente deferidas pela corporação. sendo M. da Silva a pessoa jurídica contratada para acompanhar o processo – litigioso – e posterior execução da sentença de modo a suprir todas as demandas afetivas da queixante, as quais seriam somente lançadas como lucro morto no rol das inúmeras ações judiciais (referentes a crimes ambientais, majoritariamente) enfrentadas pela empreiteira anteriormente citada, tão logo terminado o julgamento. a M. da Silva, a partir daqui devemos, por motivos unicamente de economia datilográfica e propósito intimista que cresce conforme a trama se desvela, chamar Meire, deixando explícito que não é esse seu nome real, de registro civil, mas uma simples alegoria para trazer à trama mais familiaridade entre protagonista e leitora, uma vez que ambas foram por intercedência do destino envolvidas no desfecho do julgamento da indenização requerida por D. Antônia, o qual foi terminado sob a brilhante atuação de sua advogada de defesa e também sobrinha, Zoraida.

após o julgamento da causa, foi Meire quem, formal e profissionalmente, convidou Zoraida a encontrá-la posteriormente em seu escritório para definição e assinatura, com firma registrada em cartório, dos termos da indenização afetiva conquistada por tia e sobrinha contra a empreiteira (que agora sai totalmente de foco e menção), ação mediada por simplesmente Meire para os efeitos já citados, supervisora-chefe de uma firma transnacional oriunda da Índia, com duas filiais em América Latina e Caribe, sendo uma em nosso país, especializada em indenizações de cunho afetivo, sendo que ambas, por os haverem, trocaram cartões e deixaram agendado em seus equipamentos eletrônicos tecnológicos de última geração, disponíveis tanto para comunicação interpessoal quanto para lazer, estudo, trabalho ou leitura, o horário e a data do encontro de cunho estritamente profissional.

registre-se ainda que o fato, para Meire, no entanto, não passava de uma simples rotina laboral para a qual era muito bem remunerada e assistida de garantias de natureza igualmente laboriosa, incluindo-se fundo privado de previdência, assistência de saúde física, psicológica e odontológica, lazer, clube de descontos em cinemas, livrarias, teatros e cafés literários, até que de fato, por ocasião de sua realização (do encontro que, efetivamente, até momentos antes de sua realização, deveria melhor ter sido chamado de reunião), se tornaria em um encontro de teor altamente sexualizado, íntimo e pouco profissional, a menos que se tratasse de trabalhadora/profissional do sexo, o que não é o caso em questão, uma vez que Zoraida, além de brilhante advogada, sobrinha devotada, colecionadora de retalhos de tafetá e nadadora, era sabidamente um tipo de lésbica muito envolto a paixões sexuais ocasionais, mas não remuneradas, e havia prestado meticulosa porém muito discreta, quase imperceptível, atenção, ao longo do julgamento, àquela figura observadora que anotava detalhes em sua caderneta de capa verde e papel reciclado produzida artesanalmente por um grupo de jovens que autogeria um centro de reabilitação para adolescentes em situação de perda de ânimo e sentimentos fatalistas com relação ao futuro, especialmente no tocante às mudanças climáticas, ao desmatamento de florestas e à extinção massiva de espécies não humanas animais, vegetais & fúngicas, centro tal sediado no mesmo bairro, periférico, desassistido de políticas públicas básicas de moradia, saneamento, saúde, educação e lazer (também conhecido como favela, quebrada, perifa etc.), em que ela havia crescido e vivido a maior parte de sua vida infantojuvenil e começo da vida adulta.

Zoraida reconheceu a caderneta porque a mesma tinha um fino acabamento em linha exterior de encadernação tipo "japonesa", com três cores de linha: branca, azul, e rosa, marca registrada de todas as produções daquele grupo que havia sido fundado e era até hoje coordenado, além de ter em suas posições estratégicas definidas, por jovens trans periféric_s, e dela pendia, mais óbvio, um pedaço de tecido serigrafado com a logomarca da organização. Zoraida havia dado de presente, por ocasião do aniversário de 37 anos de uma ex-péssima-namorada-*atual-grande-e-ótima-amiga* (o grifo é enfático por conta do fato de nem sempre ter sido assim, pois sabe-se que a atual configuração de relações lesbianas, em geral, tem tendido à destruição pós-término de quaisquer possibilidades de relação amistosa, o que é uma prerrogativa quase totalmente devida à estrutura heteronormativa ultrarromântique que orienta inclusive relações sexual-dissidentes), uma caderneta levemente, ou melhor pensando, bem parecida, praticamente idêntica, a não ser pela estamparia do tecido externo, que no caso da caderneta com que Zoraida presenteou a amiga-ex era liso, na cor amarelo-ouro, em homenagem à orixá de cabeça (e coração) da ex-namorada. Zoraida aproveitava os intervalos da explanação monocórdia do péssimo advogado da empreiteira – seguramente, depois dessa, não haverá outra menção que descumpra o anteriormente compromissado mais uma vez – para prestar atenção mais funda àquela figura vestindo calça simples de linho vermelho, camisa de tergal branca sem mangas com detalhes de laise na gola de padre e também no bolso único à direita, na altura de seu abdômen roliço, e unhas curtas polidas lixadas rentes sem esmalte, que definitivamente a fizeram suspeitar e indagar-se, sem conseguir uma resposta precisa simplesmente para não antecipar dilúvios, se seriam um sinal óbvio (eram) de que aquela uma era sapatão também, assim como ela (e, como supunha, sua tia, e suas tias-avós).

visto que a defesa da parte acusada – com exceção dessa última menção, apesar de não ter sido aqui citada a palavra "empreiteira", a qual foi banida por motivos de economia e mudança de foco da narrativa e não por algum tipo de boicote à representação literária de estruturas capitalistas – se demorava em explicações inúteis, mas pormenorizadas, de inúmeras razões pelas quais deveria ser eximida de qualquer responsabilização com relação à cristaleira (responsabilidades ambiental, social, econômica, afetiva, psíquica), Zoraida tinha minutos inteiros para se perguntar não só se as unhas curtas rentes polidas lixadas daquela mulher alinhada seriam indício de sua lesbianidade, mas também se esse sinal teria qualquer possibilidade de verificação real, visto que ela mesma já conhecera inúmeras lésbicas que usavam unhas compridas, contrariando as amplas críticas de feministas, principalmente, à pornografia pretensamente lesbiana em que mulheres fazem penetração dígito-vaginal umas nas outras com unhas enormes (ou fingem fazer tal penetração, ainda segundo aquelas mesmas críticas, que corretamente acusam a mirada heterocisnormativa que orienta a produção de filmes "lésbicos" feitos para o entretenimento sexual solitário e patético de homens cis que têm, em geral, pouco ou nenhum contato sexual com mulheres hétero, imagine com lésbicas como aquelas que fetichizam e as quais assistem fantasiando que seriam um vantajoso e útil terceiro-membro "corretivo").

Zoraida teria tempo, ainda, tamanhamente delongada, morosa, lenta e redundante era a palestra do adversário legal da querelante, sua tia, de fazer uma revisão mental dos inúmeros filmes de pornografia pretensamente lesbiana, *i.e.*, feita por e para homens com personagens mulheres se pretendendo lésbicas (o furo da representatividade, afinal, é enorme), para verificar se havia efetivamente penetração dígito-vaginal entre mulheres de unhas exorbitantemente longas ou se seriam só sugestões de penetração, e/ou jogos de câmera, e/ou outros artifícios cinematográficos usados para conferir verossimilhança a determinadas cenas em que o contato físico seria desestimulado (no caso, pela ameaça machucativa de unhas longas aos interiores vúlvicos), e essa dúvida mesma a levaria para outras ainda, como: se a distinção mais comumente tomada, e por isso mesmo estabelecida por padrão, como parâmetro diferenciador entre pornografia e erotismo é, de um lado, a sugestão da penetração e, de outro, a penetração em si, quem haveria de ter começado com tal distinção? e a quem seria interessante fazê-la, mantê-la? mas, principalmente, e essa dúvida crucial quase a distraiu, tão submersa estava em relembrar pormenores das centenas de cenas de filmes pornográficos efetivamente lésbicos (e os caseiros eram seus preferidos, desta seara) e aqueles pretensamente lésbicos, forjados pela mirada masculina cis-heternormativa, de perceber um ínfimo breve fugaz imediato entrecruzamento de olhares sutil deliberado aberto que acontecera por milésimos de segundos entre ela e aquela objeto da outra parte, agora mais adormecida, de suas investigações mentais. em todos os filmes de pornografia pretensamente lesbiana que havia visto, ocorrera, sempre, penetração dígito-vaginal? se sim, unicamente digital, ou também com consoles fálicos ("dildos")? dildos seriam, sempre, emulações fálicas, ou o falo é uma representação dominante que derrubou o ícone o qual devia, inicialmente, apenas representar – o dedo? havia alguma pesquisa genética sobre formação digital e peniana fetal que pudesse fundamentar, ou que refutasse, essa possibilidade argumentativa? seria interessante pensar em novas representações digitais e na elaboração de dildos que não se assemelhassem tanto a falos, mesmo aqueles mais caros novos tecnológicos desumanizados a ponto de parecerem alienígenas que assolam os sex shops contemporaneamente, com múltiplas precisas elétricas funções (movidos a pilha ou bateria recarregável) de simultaneamente, ou em separado, e ainda em várias velocidades, massagear cutucar estimular pulsar rotacionar pressionar?

naquele momento, ainda no julgamento da ação em que representava sua tia que logo menasmente seria vencedora de uma indenização afetiva das mais caras e bem-sucedidas da história (laboral e/ou emocional) da carreira de ambas (possíveis) sapatonas envolvidas, Zoraida jamais imaginaria ou talvez imaginasse sim, com uma gana específica de querer realizar mais uma conquista, sim, ela imaginava com detalhes mas nem mesmo sua bem-abastecida memória de tantas empreitadas sexuais seria capaz de adiantar os detalhes que concerniam tais dúvidas fundamente filosóficas, as quais se tornariam, mesmo, em questões práticas assim que Zoraida conseguisse confirmar suas expectativas, não só em relação à orientação afetivo-sexual de Meire, mas também e principalmente em relação à disponibilidade afetivo-amorosa e, sobremaneira, sexual desta para qualquer investida que Zoraida experimentasse, tácita ou explicitamente, no encontro – não, aqui neste momento ainda seria mais apropriado chamar de – na reunião que haviam marcado para o dia seguinte, entre as 15h e as 17h ou 3PM e 5 da tarde, de acordo com a disponibilidade de ambas – que seria comunicada por seus dispositivos eletrônico-comunicacionais de última geração já citados (a despeito de não terem sido citadas suas funções organizadoras de rotina via dispositivos específicos criados para fins diversos, as funções, atrativas/largamente usadas por ambas personagens, envolvidas com o mundo corporativo do trabalho como são).

Zoraida tinha uma certa avidez e se dava a paixões súbitas, profundas e realizáveis plenamente apenas depois de dois, três ou quatro encontros (sexuais) de longa duração. ela não podia, nem queria, encontrar Meire às 15h da tarde pois que isso poderia significar uma assinatura rápida de contrato no meio de uma tarde atarefada, e nenhuma outra alternativa de encontrar aquela suposta sapatão como ela e suas tias (que se jamais, mesmo que fossem realmente lésbicas e não amigas íntimas e próximas como muitas mulheres velhas se tornam sem contudo ousar intercurso sexual, se chamariam a si mesmas de sapatonas e definitivamente tampouco de lésbicas, provavelmente, no máximo, de "entendidas" ou sequer se chamariam de coisa alguma e serem chamadas pelas outras pessoas de primas, amigas, irmãs não as incomodaria como incomodava à geração de Zoraida) a não ser por meio de fingidos encontros casuais, aos quais ela não se sentia mais minimamente disposta depois dos 20 e tantos, 30 e poucos anos. sua estratégia foi deixar seu dispositivo eletrônico indisponível até às 16h44, quando ela mesma ligaria para Meire e sugeriria uma ida pretensamente breve à sua sala. Zoraida tomou o cuidado de averiguar o número da sala no cartão de Meire. ninguém colocaria o número da sala no cartão se não tivesse uma sala só para si. Zoraida tinha um costume jovial de fazer esse tipo de generalização, que ao mesmo tempo a deixava aliviada como se descobrisse uma fórmula infalível de intelecção das pessoas – portanto, dela mesma –, e levemente envergonhada por se sentir como quando era pouco mais que criança e espiava as primas tomando banho (na ocasião, costumava pensar "ninguém toma banho juntas se não quer se divertir sexualmente"). havia, obviamente, a possibilidade de o prédio de Meire ser um desses prédios passaricidas, todo espelhado e transparente e vigiado ao menos nos andares mais baixos por qualquer pessoa que passasse por ali a qualquer horário e no caso terrível de tampouco ter a sala envidraçada, (e então não poderiam fazer nada a não ser na presença de) persianas. no entanto, Zoraida acreditava, acima de tudo, no destino do que é conquistado com muito desejo: e se fosse assim, sem persianas, sem sala privada, desistiria de qualquer investida posterior, e mesmo dos fingidos encontros casuais (que ainda praticava com frequência apesar de ter pouca disposição, só pra garantir), a não ser que seguisse tão afoita sedenta dominada pelo afã de realizar intercurso sexual com Meire a ponto de sugerir que usassem o banheiro (e aí, mesmo na pior das hipóteses envidraçadas-despersianadas, o desejo de Zoraida estava sempre a seu próprio favor, o banheiro seria indubitavelmente) privativo.

haveria, ainda, uma variável imprescindível a se considerar: o trânsito. engarrafamento. automóveis entupindo as ruas e avenidas da cidade como gordura sufocando artérias lotadas de automóveis procurando filas em serviços de alimentação fast-food drive-thru para entupimento de artérias sufocadas nos corpos ensardinhados na lataria de automóveis no trânsito congestionado de artérias e veias sufocadas que eram as ruas da cidade no horário de pico que a cada ano começava cada vez mais cedo e não era, faz tempo hoje em dia, privilégio exclusivo das

06 horas da tarde. no entanto, contudo, mas, pero todavia entretanto Zoraida andava era de bicicleta. e desde que a penúltima administração da cidade, a qual esteve a cargo de uma coligação partidária de esquerdas vencedoras do pleito eleitoral pela prefeitura, havia cedido às pressões da camada média da população e efetivado ciclovias por todo o centro comercial da cidade como forma também de revitalização, excluindo obviamente a população que vinha das periferias afastadas condenada a horas de compressão em péssimo transporte público ou arriscados trajetos de bicicleta em avenidas de automóveis velozmente assassinos, Zoraida só andara de carro recentemente na noite em que sua tia precisou sair às pressas rumo a um hospital, porque não conseguia respirar direito. na ocasião, fora confirmada a alergia alimentar a inhame, a qual nunca demonstrara ocorrência anterior em sua longa vida saudável, mesmo comendo banha de porco e fumando tabaco diuturnamente (para não citar a djamba) até os dias atuais para horror velado e condenação moral tácita, explicitados entretanto em específico revirar de olhos e nada discretas fricções rápidas no nariz semitapado com a oposição de dedos polegar e indicador subindo e descendo abrindo e fechando rapidamente as narinas largas escuras, ao chegar em casa de sua tia imediatamente após ela ter fumado ou enquanto fumava, de Zoraida que era irritantemente vegetariana e antitabagista, alergia

imediatamente diagnosticada pela própria Toninha ela mesma quando comeu inhame com creme de castanha de caju, limão e missô e sentiu primeiro um incomum pinicar na parte interna dos lábios escuros seguido de adormecimento incômodo das gengivas roxeadas roxeadas e uma leve sensação de sufocação opressão ou semicerramento de sua glote, imediatamente atribuída ao uso de agrotóxicos nas plantações que forneciam tubérculos, verduras, legumes, folhagens em geral (temperos, ervas, defumadouros) e algumas frutas à quitanda próxima à sua casa e no qual era freguesa costumeira e antiga, ou seja, menos um caso de alergia alimentar e mais um de envenenamento sistemático parte do sucateamento da soberania e da segurança alimentar, garantido pelo uso indevido ainda que liberado pelo estado de quantidades exorbitantes de agrotóxico nas plantações monoculturais. nem sempre sua tia comprava tudo da feira orgânica, a qual tinha produtos por vezes burguesa e vergonhosamente mais caros que similares em supermercados e feiras de produtos com agrotóxicos, disparidade de preços obviamente devida à falta de subsídio estatal para a produção orgânica familiar (e pró-reforma agrária!) como sole subsidiar o agrobusiness e as contáveis famílias de grandes fazendeiros beneficiadas com todo tipo de política de governo para manutenção de sua riqueza que é simultânea, histórica e racializadamente produzida à base do empobrecimento exploratório de incontáveis famílias camponesas invisíveis das quais (famílias, exploração) depende toda a concentração de renda e manutenção da violência no campo, com seus reflexos em comida envenenada nas cidades, fingidamente alheias a tudo isso. depois desse episódio, nem Zoraida tinha andado de carro novamente, nem sua tia tinha comprado comida fora da feira de orgânicos, deixando as idas ao mercado para a aquisição de víveres imperecíveis e/ou produtos de limpeza (semi-industrializados, dos quais a toxidade não será aqui debatida).

às 18h14, portanto 29 minutos depois do que havia informado como um horário-base para sua chegada quando haviam se comunicado pelos aparelhos telefônicos tecnológicos várias vezes anteriormente mencionados, Zoraida foi anunciada pelos dispositivos comunicacionais internos da firma – não tão modernos quanto os aparelhos pessoais delas, mas ainda assim funcionais. um corredor ladeado por flores ornamentais diversas, coloridas e fora de época (também fertilizadas quimicamente, portanto) comunicava o balcão de identificação da entrada da firma ao pátio mais amplo do prédio térreo e não espelhado em que Meire era a destacada supervisora-chefe. o que a inteligência afiada de Zoraida não percebera, anestesiada pela ansiedade daquele encontro, era o contrassenso de que a supervisora-chefe da firma estivesse presente em pessoa à audiência. uma pessoa subordinada a ela, dentre as muitas que trabalhavam ou como consultoras ou funcionárias celetistas ou sob contratos terceirizados na firma, é quem deveria ter acompanhado a audiência, lavrado o contrato e levado a Meire posteriormente, unicamente para aferição e assinatura. as etapas antecedentes, bem como posterior coleta de assinaturas e fiscalização de que ambas partes envolvidas estavam cumprindo ou recebendo, devidamente, seus ônus e bônus, deveriam todas ser realizadas, no caso específico da queixa de D. Tunica e sua representante legal e sobrinha, Zoraida, por uma funcionária que completaria três meses de casa naquela semana mesma, mas que havia se ausentado por ser partícipe das estatísticas nacionais de que a cada 05 dias de trabalho perdidos por uma mulher, um é em decorrência de violência doméstica conjugal, majoritariamente (mas não exclusivamente) cometida por homens mas tampouco unicamente de natureza conjugal, a bem da – triste, doída, rotineira – verdade de ser violência cometida por pais, filhos, sobrinhos, primos, vizinhos aparentados pelo costume da rotina. Meire, depois de acompanhar, na noite da véspera, sua funcionária à delegacia especializada de atendimento à mulher como forma de prestar solidariedade mas também de garantir que a moça conseguisse registrar o boletim de ocorrência que é tantas vezes interditado às mulheres agredidas pela má-formação de agentes e operadores das leis de proteção a mulheres os quais seguem firmes adeptos convictos na socialização machista que esquiva do trato como coisa pública as formas naturalizadas da violência do gênero.

creditar o ocorrido à força destinomotivadora do desejo de Zoraida ou, por que não?, tratar a modo de revelia o motivo da ausência de uma funcionária com subsequente presença de uma outra; ou então confirmar a ambientação de coincidência cósmica que conectaria Zoraida e Meire como um recurso clichê dos romances: seria um expediente narrativo raso, bobo até?, ou talvez irresponsável e, em alguma medida, heteropatriarcal (considerando a importância do romance na naturalização da heterossexualidade), lésbico-devaneante (tomando o contraste perverso que pode ser estabelecido, equivocadamente, numa suposta polarização maniqueísta de que relações hétero são violentas infelizes condenáveis enquanto simultaneamente lesbianas seriam isentas de violência felizes saudáveis, o que contraria o crescente número de violência conjugal denunciada entre lésbicas e ainda o perturbador avanço da violência intrafamiliar e doméstica contra lésbicas, refutando qualquer pressuposição de segurança imanente em realidade totalmente utópica no contexto de lesbofobia generalizada)? a segunda possibilidade se mostra tanto falida quanto ciladística, pois em momento algum foi informada a identidade de gênero de quem agrediu Priscila (sim, esse é efetivamente seu nome, para manutenção de sua privacidade e segurança o sobrenome não será revelado); a suposição impelida pela lesbicentricidade da narrativa é que levou a essa construção (que continuaremos sem saber, de fato, se é ou não acurada). entanto, importa mencionar, para quem observa o desenvolvimento da trama de um ponto de vista exterior a ela, que romances não são redomas alheias às ocorrências da vida real material cotidiana efetiva de lésbicas e mulheres, e isso é notável, especialmente, em romances lesbianos como este (no caso, romance sendo aqui tratado como gênero literário e simultaneamente armadilha relacional): o cerne das relações entre mulheres sendo mulheres mesmas (cis como Meire, se é que lésbicas – avessas, excluídas ou autorretiradas do cistema de expectativas afetivas, reprodutivas, sexuais que conforma a heterossexualidade como economia baseada não só na exploração de mulheres por homens mas na criação da noção/identidade mulher em referência aos homens, como genialmente formulou uma teórica sapatã e ficcionista francesa – ou trans, como é o caso de Zoraida, a advogada, cujo primeiro sucesso profissional foi a retificação do próprio nome em seu registro civil), e o sexo entre elas sendo favorecido por quaisquer engenhos literários à mão da escritora.

de volta ao encontro agora inevitável profundamente esperado e arquitetonicamente elaborado, até que enfim atravessado o corredor e encontrada a sala, Zoraida teve um rompante estranho de indecisão ou insegurança frente à porta larga de madeira "ecológica" de reflorestamento, com lateral de vidro jateado translúcido, na qual pendia uma perfeitamente centralizada placa simples com indicação de número da sala e, abaixo, nome e cargo da pessoa que havia lá ido encontrar. Zoraida não sabia se primeiro batia ou se primeiro abria a porta, em seguida emitindo alguma pergunta sobre sua entrada. ou se aguardava que Meire aparecesse à porta, abrindo-a. ou se devia ter esperado a recepcionista acompanhá-la, como foi mencionado em suave mas reconhecida sugestão de seu corpo inclinando-se para se levantar, ao que foi dessolicitada imediatamente pela própria visitante. já havia sido anunciada pela recepcionista solícita, ou seja, é sabido que Meire já a esperava. brevíssimo o tempo cronológico em que ficou ali de braço levantado um pouco acima da altura dos ombros, e punho cerrado em gesto que poderia ser lido tanto como "em vias de bater à porta" quanto como "erguendo-se para declamar poder para o povo preto", e, ainda assim, no entanto, longo tempo, incalculável tempo, tempo subjetivofísicoexperiencial. Zoraida seria trazida de volta ao espaçotempo compartilhado daquele simultaneamente momento pelo susto da imagem mal refratada de Meire na lateral translúcida da porta de correr, antecedente à sensação de calor e contato que sentiu no pedaço exposto da cintura, subitamente descoberta de tecido pela elevação do braço que ensaiava, afinal, "bater à porta" sem jamais perder de vista que há de se haver "poder para o povo preto" – simultaneamente gesto, avidamente recoberta pelo mapeamento executado na retina da outra –, tudo ali às claras, nas palavras do alagoano cantor, misturadamente entorpecida entre o que seria, em linguagem cinematográfica, uma montagem magistral de sobreposição de cenas em que num quadro o braço, noutro o rosto distorcido no vidro seguido da porta corrediça já aberta pela qual um outro braço, o de Meire agora, alcança através do batente da porta a cintura exposta de Zoraida com as pontas dos dedos de linhas escuras palma clara quente suada decidida aproximando a outra de si rumo às adentrâncias de seu escritório não só desenvidraçado como provido de elegante cortina pois persianas juntam um pó terrível e insuportável de limpar, coisa que Meire fazia ela mesma recusando-se a contratar mulheres para cargos subalternos pertencentes à lógica escravocrata de trabalho doméstico e/ou de limpeza subvalorizado o qual sua própria mãe avós tias primas e até irmã mais velha tinham enfrentado como tantas outras mulheres racializadas como pretas.

aquela abordagem aberta e cristalina, de Meire: ao tempo que encerrou qualquer dúvida que Zoraida pudesse ter sobre sua lesbiandade agora explicitamente confirmada pela tranquilidade rápida e quente que transmitiu o contato seguro e fundo que a territorializou sutilmente, estabeleceu o vínculo sexual enquanto dissolvia o profissional pretendido como tapeação agora desnecessária frente à franqueza do toque, reiterese, gracioso e firme, com que Meire pegou naquele pedaço exposto da cintura de Zoraida com uma mão, por um lado, por outro trazendo a si o corpo da mulher enquanto a porta se abria vagarosamente pela outra mão, de forma que pareceria mesmo tão cinematográfica a alguém que espiasse, por acaso, o corredor da chefe, que pareceria ensaiado como cena de filme pornô, desterritorializando o conforto e a segurança que Zoraida vestia até então, tirando-a do domínio da investida sexual planejada por todo o caminho e confirmando, pela total aquiescência corporal à investida da outra, estar sexualmente disponível e não só: desejosa, também. avidamente.

todo o evento não deve ter durado treze ou três segundos, e contou ainda com o agravante lubrificativo de ouvir a voz de Meire, voz que ainda não tinha corpo na memória ruidosa que Zoraida guardara do encontro no tribunal, desculpando-se por fazê-la esperar e justificando-se por ter ido pegar chá e algo para comerem durante aquela reunião – mesmo estando de mãos vazias de chás e algo para comer, pois ainda cheias de cintura de Zoraida enquanto iam tão próximas para mais dentro da saleta – ampla, arejada, mobiliada de forma simples e colorida. "essa nossa reunião", ela disse. Zoraida entendeu que estava rente a uma jogadora estrategista habilidosa manipulante de situações a favor de seu controle. entendeu ou esperava que fosse assim. sentiu-se subitamente cansada de todos os jogos de sedução de algumas outras mulheres ou lésbicas que conhecera em diversas situações gostando de fazerem-se desentendidas, quase sonsas até, flertando como adolescentes em festas mal iluminadas de música excessivamente alta e bebida barata excessivamente devorada aos goles de bocas pegajosamente cobertas de gloss. Zoraida sentiu-se animada, não estimulada mesmo com a paridade demonstrada na segurança de Meire em conduzir o jogo, e, por que não?, subvertê-lo num não jogo, numa mostra nítida, reta, explícita de desejo mútuo, franco, concreto. Zoraida ia pensando e se sentando na cadeira indicada por Meire, uma cadeira confortável à lateral de sua mesa, e não em frente à sua cadeira. Zoraida ia divagando e imaginando a firma esvaziada – duas ou três mesas do salão do pátio, apenas, estavam ocupadas quando chegou – dando espaço para que pudessem fazer barulho em paz, naquela sua reunião. delas. ao mesmo tempo, temia esses desavisados pronomes flexionados em plurais. avessa à estrutura hegemônica de casais, pensou melhor, refletiu, e escolheu entender que "nossa" fazia um par contrastante a "reunião", era isso. era sexo. sexo compromissado unicamente consigo mesmo e com orgasmos de ambas. livre de qualquer expectativa de contato ou contrato posterior à sua realização, fosse afetivo, sexual, profissional ou todas as camadas.

Meire pediu ainda que Zoraida esperasse um instante, e esta a via de costas agora escrevendo algo num bloco grande de folhas de papel branco encerado e repassava em sua cabeça o que havia imaginado para aquele encontro. o contrato isolado sobre a mesa, num envelope pardo. o divã perto da janela, limpo. o chá de hortelã com cravo, estimulante. horas de contato de pele orifícios secreções barulho. Meire voltou-se à outra lésbica e mostrou o contrato, tirando-o do envelope. Zoraida assinou depois de ler com brevidade, sem atenção a muitos detalhes. devolveu a ela e continuaram em silêncio. Meire parecia mais velha naquela sala, rodeada de manias alheias, memórias remontadas, desejos transformados na quantia certa de sacrifício, compensação, alheamento. tinha cabelo muito e curto na cabeça pulsante, era séria, gorda de carnes duras como toda mulher gorda e preta de sua família materna, e toda olhos nos cabelos crespos que Zoraida guardava no coque quase desfeito pelo contravento que surfara de bicicleta. tantos fios brancos no meio dos tons marrons parecidos ao escuro da pele dela toda, Zoraida, polpa de alguma árvore subtropical. elas passariam as próximas horas naquela sala carpetada, antiácaro e com tratamento contra fungos descobrindo os pedaços de pele e mucosa mais respondentes aos estímulos orais, digitais, anais, protuberantes ou penetráveis uma da outra. em especial, todo centímetro de carne escondida sob dois tipos de tecido, pelo menos, seria averiguado, tocado, penetrado, lambido, lambuzado e convocado ao orgasmo. lábios com cílios, línguas nos cus, clitóris e mamilos, bocas de lábios, lábios sem boca, pontas de dedos esticados com cérvix, línguas em dentes, boca na boca, cu com dedos, glande com coxas, buceta com umbigo, coxa com buceta, língua dentro, ao redor, língua e pelos, dedo e pele, boca e pele, lábio com lábio, clitóris com saliva, pelo com pelo, dentro com dentro, sopro – onde pele houvesse.

diálogos epiteliais encheram o silêncio. menos ruidoso do que Z. esperava. M. era o tipo de amante concentrada e profunda que escapa ao imaginário técnico barulhento de películas pornográficas que tinha estudado tanto. a comunicação verbal era restrita a acordos, perguntas, apresentação de propostas, definição de limites. e o que M. jamais comentaria é que aquela era sua primeira prática de educação sexual compartilhada fisicamente, sua iniciação sexual mesma, pois depois de anos sem sorte esperando aparecer "a mulher certa" (diferentemente de Z., tinha mais predisposição ao romantismo idealista), parecia conveniente experimentar com alguma que fosse minimamente interessante. Z. era, a seus olhos e agora paladares, toda interessâncias. ela também não marcaria a especificidade daquele encontro em seu relatório de hora extra mensalmente assinado pela diretora-geral da firma, apesar de terem ficado ali até a hora mais escura da madrugada, mas registraria fundo os tempos no corpo da memória. e poderia facilmente se acostumar àquela rotina, praticamente escolar, de uma pedagogia sexual de corpos se encontrando para se celebrar. facilmente.

(abuela)

mi abuelita, la obscuridad

(2003)

1. la loca

eu tinha apenas nove anos quando vi minha vó pela última vez naquela primeira jornada de saturno. os homens daquela cidade amontoada a chamavam hechicera, e as mulheres faziam em respeito a ela uma mesura discreta com a cabeça nas poucas vezes em que saía a calle. mas eles em casa choravam como crianças sob seus unguentos, e elas todas riam, ríamos, trocando receitas ou feitiços sob o teto alto de nossa casa. ali eu tinha contato com o espanhol ralentado das colombianas, que me parecia mais fácil de adivinhar que as palavras engolidas de minha vó. meu pai, que convenceu minha mãe a deitar-se com ele ou pelo encantamento de seu sotaque ou pela força de sua violência, chamava minha vó de bruja e eu pensava que assim era devido a suas fotos de juventude, em que ela usava as unhas duras pintadas, longas, o que me parecia lindo y a mi mucho me gustava tanto a ponto de chamá-la mi brujita, ao que ela respondia me chamando mi perrita e a meu pai muito irritava. o povo daquela fronteira desplazada, uma santíssima trindade amaldiçoada tanto pelo calor equatoriano quanto o malo portuñol que reunia o pueblo entre letícia, tabatinga e santa rosa, era então um punhado de milhares que comentava as estranhezas do reaparecimento de minha vó, como as unhas cortadas rentes depois de seu afogamento, perto dos catorze anos, por quatro luas inteiras até ser devolvida pelo mar, lambida pelas ondas no primeiro dia da primeira lua nova desde que o mar a tinha levado. a noite estava escura e por isso ela só seria achada de manhã, dormindo, com o braço direito todo sumido, cortado na dobra do ombro, rente como as unhas. e a despeito de isso ter se passado numa salaverry distante, as histórias acompanharam sua família da costa desértica até a selva molhada, coladas na pele de mel queimado de minha avó como as algas grudadas em sua boca, olhos e nariz na manhã em que foi devolvida.

e porque o pueblo achou que as algas tinham operado o milagre de fazê-la sobreviver por tantos dias afogada no mar, filtrando o ar até seus pulmões, engarrafaram em minúsculas botellas de refrigerante, bibelôs trazidos por alguém de lima vinda, pedaços ainda mais minúsculos de alga com água do mar, que eram chamadas de lágrimas de Rocio – o nome de minha avó – e vendidas como sanativo. meses depois, quando o 1º menino morreu afogado em anos, e as lágrimas já escassas não puderam salvá-lo mesmo todas reunidas, sacadas de baús ou caixas empoeiradas y olvidadas, o pueblo começou um boicote silencioso y duro que a mãe de minha avó, que tinha nascido e crescido com sua voz em runasimi, a língua da gente chamada diabólica pelos espanhóis, cansou-se dos sorrisos na missa, máscaras de escárnio e punição, dos quilos de merda jogados na hora mais quieta da madrugada sob sua roseira em frente à casa, obrigando o marido a se mudar. no entanto, a roseira agradeceu a merda crescendo vistosa, rubra, brilhante. resistiu à viagem e parece até que se acostumou melhor ao ar cuspido da serra que à poeira sufocante do deserto, com sua terra arenosa, cinzenta. uns anos mais, entretanto, ela voltaria, carregando somente o marido, para morrerem no deserto às beiras do pacífico, su tierra. minha avó, finalmente sozinha com seus murmúrios, começou a cuidar de cães e gatos abandonados, ou simplesmente avessos ao pueblo, dormindo escondida na praça onde os homens costumavam atacá-los à noite, para matar, e surpreendendo aos homens com seus gritos e cajados de feitiçaria. assim foi chamada la loca por 1ra vez, até que saiu em viagem, aos veintyocho anos, para rever sua mãe e despedir-se de seu pai, voltando finalmente embarazada da que seria a minha mãe, e trazendo a sua num baú, em forma de cinzas que adubariam ainda mais a terra preta da roseira. desde então, minha avó conversava com sua mãe sentando-se perto da roseira, no quintal ao fim do dia, cantando las canciones de cuna que tinham aprendido uma com a outra. y así é que foi cunhada la loca por 2da vez, e dali por diante. a louca. a quem todo o povo, entretanto, ouvia com exatidão suas recusas de fazer mudas da roseira em dias que não o correcto, no mês de setembro.

2. la bruja

mas meu pai, que sempre a temeu e sempre a chamou bruxa, conheceu sua filha jovem e a engravidou. minha mãe se sentiu desgraciada e quis tirar, e então vivíamos um tempo em que toda mulher, mesmo as mais jovens, sabiam como fazê-lo. mas ela teve mais medo dos castigos divinos ensinados pelo padre que respeito à sua própria sabedoria, e não tirou aquilo que, depois, se tornaria eu. se recusou, no entanto, a casar-se com aquele homem que aos sábados pedia emprestado o carro do patrão para levar a passeio eu e algumas outras crianças do pueblo, o que a todas nos incomodava porque ele odiava nossas risadas, geralmente de alegria com a espantosa velocidade do automóvel mas também por escárnio, e dizia isso xingando-as de nojentas entre dentes, cerrados. por ele odiar minha nojenta risada e falar mal de minha avó, eu tive grande tristeza de ir viver com ele aos meus nueve años numa cidade ainda em construção e longe da minha santa rosa, mas foi algo que minha mãe pediu como um favor a mim por já se sentir velha aos veintecinco años e ter ganas de ir a lima estudar para ser professora, o ofício máximo da ascensão social imaginada naqueles tempos, além do comércio, por supuesto. eu gostaria de ter ficado com minha brujita, mas ela tampouco queria se comprometer comigo naquele momento, dedicada que estava a seus cães, gatos, curanderia, e aos cadernos em que escrevia todas as noites. ela me disse, em português, que eu queria ter voltado para buscá-la quando fosse o momento, e a isso me apeguei até a adolescência, quando aos catorce años la menarquia chegou me parecendo atrasada e eu me vi sozinha naquele tipo cinza e concrético de deserto, muy lejas de qualquer pessoa que não meu pai a me financiar. as memórias de hojas y encantarias eram nada sino un borrão de memória emprestada, e por 1ra vez na vida senti raiva de meu pai, por obrigar-me a ser alfabetizada em português, proibindo em casa o runasimi ou mesmo o castellano, me roubando essa preciosa herencia pela qual então eu ansiava. foi quando me pesou uma dor no ombro direito, que só entenderia anos depois. desde os catorce, à noite, a despeito das regras de meu pai, eu sonhava com minha abuelita jovem ainda, nadando com rabo de baleia em águas oscuras y profundas, ou sentada como pode se sentar uma baleia no banco de seu quintal, a conversar com uma mulher mais velha, mais escura e mais sábia que ela, vestindo nada sino pétalas rubras. assim he soñado às vésperas de la menarquia, e todas las otras noches cerca de menstruar, ao longo dos quince años de minha menstruação até hoje. quando fiz dieciocho, fui trabajar para sair finalmente da casa de meu pai, e vivi quase diez años sem ir vê-lo de novo nem uma única vez, sentindo raiva y a veces pesar do tipo triste que me parecia. se escrevo senão grosserias sobre ele, é que ele muito se esforçou para ser nada que não um grosso a meus olhos, um autêntico patriarca distante, mas não de todo inútil, e ali eu lhe guardava alguma gratidão por me ter quitado os estudos y siempre respeitado minha privacidade, mesmo que eu visse roer em su mirada a mágoa de nunca ser lembrado nas cartas que minha mãe enviava com regularidade e que eu lia na mesa do café em silêncio pois só a mim diziam respeito, a despeito de seus olhos famintos. foi só depois dos meus veintiocho años que o tornei ver, já mutilado pelos pedaços grandes que a velhice come com avidez em pessoas como ele, pois pela 1ra vez em años eu tive um sonho com ele, em vez de com vó y bisa, segurando contra o peito um caderno. apertando contra o peito. su boca molida como a reter um soluço, os olhos hondos, oscuros, molhados como as águas ásperas do pacífico que eu tinha visto uma vez quando niña. a meu pai é que lhe faltava um braço nesse sonho, e acordei finalmente reparando que nos costumeiros minha avó sempre me parecia inteira, não só pelos braços ambos mas porque o rabo de baleia era parte dela. me surpreendi menstruada sem o aviso do sonho, apesar de la fecha ser la misma de costumbre (bajo na luna nueva), e decidi visitar meu pai para dizer que viajaria.

3. la leyenda

para vê-las. foi então que meu pai me deu um caderno que guardava desde que deixamos sua tabatinga. o que lá dizia é o que aqui transcrevo, conforme entendi. minha herança material além dessa pele, desses olhos e do cabelo crespo, a marca de que mi abuelita era hija de um negrón. por me ter entregado tal presente, e pela dádiva da vida mesma em si, eu pedi perdão pela raiva e agradeci, indo embora sem nenhuma outra dívida com ele ou fardo sequer, o que se celebrou imediatamente em mim na forma de cura do ombro direito, enfim desobrigado daquele peso invisível. o caderno, coberto em tecido bordado, desde a 1ra página nos contava que:

en la 1ra luna nova de sus catorce años, Nina Rocio de la Asunción Qelka, se sentió llamada pelo mar. las ondas bravas, locas e apasionadas de Mama Qucha, o la Madre Mar, también Yemonja, en todo su proyecto de venganza y redención, se serenaran porque la joven necesitaba adentrar la mar. ali, en el alto norte de la costa, el agua não era fria como ao sul, e mesmo que houvesse alguém a testemunhar o refugo macio das águas, não acreditaria ser o mesmo mar arredio. Rocio entrou, e não se afogou como dizem as lendas, mas sim foi levada ao fundo mais fundo que alcançava nas brincadeiras brincadas no oceano que a viu nascer, crescer e entrar. quem a levou, lembra-se, foram estrelas marinhas, e todo o caminho brilhava muito como se, a despeito da face negra da lua, as estrelas do céu todas tivessem descido para mergulhar com as águas-vivas e peixes que acompanhavam o percurso. Rocio foi deixada numa cidade submersa toda pronta, cavada numa lagoa dentro do mar, e a qual em tudo quanto era construção edificada lhe faltava um pedaço, às vezes menor que sua cabeça, às vezes maior que seus dois palmos juntos, esticados bem abertos. ali também havia sobras da civilização que Rocio poderia dizer sua: escafandros desmontados pelo tempo, pela ferrugem ou pelos animais; redes rotas ou máquinas estranhas; mapas de pele roídos pela fome do tempo e das bocas; bolsas presas nas quinas guardando instrumentos irreconhecíveis; e até mesmo ossadas humanas, que a Rocio assustavam menos que o afã de pessoas vivas, com ossadas ocultas bajo piel y músculos obsequiosos. enquanto pensava em sua própria ossada escondida, afundada ali no meio daquela água que também abraçava uma cidade perdida ou abandonada, ela se sentiu observada, como se olhos não só a vissem mas a sentissem desde dentro. assim foi que começou a sentir também A Outra, que logo achou com os olhos e era justamente uma mulher-baleia como sua neta sonharia, anos depois, pois que estavam todas ligadas como o sal de uma lágrima está ligado ao sal do mar. olhar A Outra nos olhos era olhar a si mesma, como se um pedaço de sua alma morasse naquele corpo e o avesso, e por isso é que Rocio, só de vê-La, sabia que eram a mesma e saiu seguindo aquela Outra como quem anda em si mesma, levada por Sua mão que tinha o mesmo calor da sua a ponto de parecer mais um formigamento de dormência que um enlace de carnes aproximadas. mais fundo que o fundo da 1ra cidade, mas ainda mais brilhante e nítida y, sin duda, más viva; A Outra a levou a uma mais cidade inteira que Rocio entendeu só de encostar seus olhos nela: tudo que ali se construíra era como se tivesse nascido de um retalho, um pedaço mais antigo podado da outra cidade, e aqui replantado, aqui brotado. A Outra sentou-se com Rocio no meio do que parecia ao povo de cima uma praça ou parque, e todas as outras pessoas-baleia ou qualquer outra natureza de pessoa passavam por ali sem fazer caso delas porque eram partes de si mesmas. a vida se seguiu naquela cidade visitada por Rocio por mais vinte e sete luas, enquanto ambas y uma só conversavam no meio da praça sem fome, sono, frio, calor ou qualquer interrupção além das pausas nas palavras dA Outra, que dava a Rocio o pedaço mais importante de si: era justamente a palavra sagrada em sua voz de concha a contar todos os segredos e felicidades que conhecia em sua vida submersa. contou até da vida de Rocio e das próximas que viriam dela. contou de mulheres-baleia e suas moradas. contou que a Deusa Mar estava impaciente havia tantas eras quantas outras mulheres-baleia haviam largado suas caudas de baleia e ido, algumas, juntar-se aos bípedes acima. que Sua impaciência era antes temerária mas a confirmação do pressentimento numa realidade tão, tão feia fizera a Deusa vomitar toda oferenda estragada que lhe foi servida. que outras Deusas e Deuses também se cansaram e que Outras esperançavam mas que Algumas simplesmente se calaram. que o silêncio assim cortava como lâmina para fora e dentro, e que ao mesmo tempo palavras armadas fazem feridas fatais. mas que a fonte da palavra não deixa de jorrar enquanto dela se beber, e que portanto Rocio não deixasse de fazer, com sua voz de fogo, o que seus nomes de batismo tinham lhe predestinado. e A Outra disse coisas que, mesmo sentidas, todas as línguas que Rocio sabia não poderiam pronunciar. e finalmente a lua nova se encaixou no céu, e Rocio sentiu que queria deixar algo de tão precioso quanto o Segredo Sagrado que recebera como dádiva. assim, decidiu podar um pedaço de si para ali brotar como uma outra inteira de si mesma, deixando ela e sua Outra sempre juntas. pelo braço de uma, pelas palavras dA Outra. ambas a mesma, como as próximas que viriam.

4. mi abuela, la mejor poetisa de todas cercanías!

e porque isso já tinha me sido dito desde os catorce años em sonhos, eu soube que era nada mais que verdadeiro. chegando à casa de minha vó, onde fui completar meus vinte e nove anos, entreguei a ela o caderno e nos sentamos no banco do quintal, perto da roseira. minha mãe chegaria umas noites depois, trazida pela lua cheia. ali naquele banco cantaríamos canciones de cuna, enquanto mi abuelita, la bruja, la loca, la leyenda, me mostrava seus cadernos de caligrafia y poemas. aos vinte e nove anos decidi eu mesma tornar-me canhota, como ela fizera anos atrás; mas não arriscaria até depois de sua morte escrever poesia como ela escrevia, mi abuela, la mejor poetisa de todas cercanías, 1ra mujer a escribir cuando a las mujeres no se lo enseñaba, la que quemaba las bromas del pueblo con la fuerza serena de sus palabras. los hombres se lloraban bajo sus ungüentos y hechizos, leídos a media voz; las mujeres se reían de sus chistes y poesías, guardadas como tesoro que a nadie sino ellas mismas debería interesar.

posfácio

raíssa éris grimm

Existem livros que não são simplesmente histórias: são máquinas de teletransporte.

Abrimos para ler, mergulhamos, mas, quando fechamos, não voltamos ao mesmo mundo. Passamos a habitar outro, evocando sensorialidades até então esquecidas em nossas células, que despertam para perceber futuros que existem no intervalo entre o agora e o não-ainda: futuros em que o campo dos afetos se sobrepõe à especulação financeira; em que a genitália não define nossas identidades, muito menos nossos prazeres; em que a biologia não define destino; futuros construídos por redes de amantes que, em vez de competir, se apoiam entre si; mundos nos quais as sexualidades se experimentam como um campo de prazeres múltiplos; em que a maternidade não é compulsória; em que nossos corpos não são reduzidos a ferramentas-com-finalidade; em que desejamos e nos desfrutamos sem o medo da violência.

Todos estes futuros coexistem, no agora, com os pesadelos da heteronorma, do estupro, do racismo, da invasão, da gentrificação, da objetificação, da violência conjugal, dos afetos que se fecham como portas. A diferença é que tais pesadelos – em vez de definirem nosso futuro – são aqui narrados como um mundo arcaico, em vias de desaparição. Frente a tudo aquilo que, no presente, segue sendo ensinado a nós como estrutura eterna, nestes contos se revelam tecnologias frágeis, perecíveis, que deixarão de existir.

três tigres *tortas*, de tatiana nascimento, é um livro que nos seduz, que convida a sentir outros futuros, habitando as linhas de incerteza e liberdade que se evidenciam quando a heteronormatividade deixa de ser roteiro mestre dos nossos afetos. Cada conto é um ritual de uma iniciação erótica que nos ensina a meditar sob a luz de (pelo menos) dois sóis, a nadar por riachos urbanos não poluídos, a mergulhar nos flertes que acontecem entre os corredores de um tribunal, a degustar cumplicidades que se constroem pelo sabor de chás, a restaurar memórias sapatônicas transgeracionais, a viver cada metamorfose de nossas corpas e de nossos afetos sem medo ou julgamento, a adormecer entre ninhos acolhedores a todo tipo de vida humana e não humana.

Expressando em cada linha muito carinho, cuidado e respeito, as palavras de tatiana convidam cada leitora a abrir seus próprios portais, para que outras vidas, amores e futuros consigam abraçar as dores que vivemos hoje – reconstruindo o lugar que vivemos agora, para que outros mundos se tornem possíveis.

A primeira edição deste livro foi impressa em outubro de 2023,
ano de estreia deste selo Amarcord.

O texto foi composto em Avenir LT Std, corpo 10/16,5.
A impressão se deu sobre papel off-white
no Sistema Digital Instant Duplex da
Divisão Gráfica da Distribuição Record.